迁变

王学芯 著

图书在版编目（CIP）数据

迁变 / 王学芯著 . —— 南京：江苏凤凰文艺出版社，2019.4
ISBN 978-7-5594-3156-1

Ⅰ.①迁⋯ Ⅱ.①王⋯ Ⅲ.①诗集 – 中国 – 当代 Ⅳ.① I227

中国版本图书馆 CIP 数据核字（2018）第 298670 号

迁变

王学芯 著

责任编辑	郝　鹏
出版发行	江苏凤凰文艺出版社
	南京市中央路 165 号，邮编：210009
网　　址	http://www.jswenyi.com
印　　刷	苏州市越洋印刷有限公司
开　　本	890×1240mm　1/32
印　　张	5.25
字　　数	80 千字
版　　次	2019 年 4 月第 1 版　2019 年 4 月第 1 次印刷
标准书号	ISBN 978-7-5594-3156-1
定　　价	45.00 元

江苏凤凰文艺版图书凡印刷、装订错误可随时向承印厂调换

目录

001 忧伤的灿烂
002 迁徙或者巢居
003 收藏农具
004 一乡之望
005 小屋的背后
006 空房子
007 抽象的脸
008 蚌河
009 燥热
010 一张村落之叶
012 在新楼的客厅里
013 郊外的乡村
014 绿色的口水
015 走在狭长的桑林里
016 气味
017 弃河
018 老桑树
019 倾盆大雨
020 回乡小记
021 城市规划或设计
022 氏族
023 怪样的夜晚
024 城市的羊
025 在鱼塘边
026 树枝
027 老乡的音讯
028 空椅
029 在露台上

030 散步
031 小径
032 雨夜
033 栖居的定义
034 迁居
035 跟茧有关的感觉
036 鸟的影子
037 坐在高楼的椅子里
038 小地块
039 靠近城市线的西漳
041 一乡之地
043 茧和丝
044 再说蚕茧
045 稻草人
046 一种空虚
047 祖先
048 啜饮
049 屋顶上
050 乡宴
051 大狗
052 葵花籽
053 告别榆树
054 西飞的鸟
055 缩影
056 在城市的手指上
057 一只公鸡
058 警觉
059 十二月

060 透过敞开的门
061 鸟群飞散
062 退化
063 水塔
064 养蚕
065 喉咙里的方言
066 经过一座老桥
067 干草堆
068 一分地
069 土井
070 乡邻们
071 三月的田埂
072 坐在谷仓里
073 一扇半开的窗
074 蚕
075 寻找池塘的鸟
076 关于一个纪念日子
078 一垛矮墙
079 麦子收割的季候
080 在郊外河边
081 变异
082 在正午的阳光里
083 还乡偶记
084 村后的树林
085 水牛
086 捏一团黑泥
087 一片桑树倒下的地方
088 雪的不一样感觉

- 089　冬天的远方
- 090　在狭长的乡间小道
- 091　雾凇
- 092　狐狸
- 093　雪中的踪迹
- 094　雪人
- 096　元月一日的雪
- 097　第二场雪
- 098　时间临近
- 099　梦幻
- 101　城市感觉
- 102　人造土坡
- 103　离开深秋的乡村
- 104　乔迁的日子
- 105　在寺头的青莲桥上
- 106　临窗俯瞰
- 107　那天
- 108　两条鱼
- 109　改变
- 110　通感
- 111　雪中
- 112　大风
- 113　鹤塚
- 114　空隙
- 115　野猫
- 116　在住宅小区的高楼里
- 117　泥土之躯
- 118　上一代人

- 120 迁变
- 121 不眠的夜际
- 123 窗景
- 124 坐在新居的阳台上
- 125 恐高
- 126 透明的变化过程
- 127 城市指南
- 128 锯锯草
- 129 穿过一个原先的村庄
- 130 一根稻草
- 131 走在田野的道路上
- 132 坐在一个叫西漳的老街
- 134 再说老街
- 135 一瞥
- 136 穿过寂静
- 137 草塘（小长诗）
- 159 后记

忧伤的灿烂

池塘的阴影在远方闪烁
杳无声息的柳枝反复抚摸大脑的沟纹
最为忧伤的灿烂
在田野上
被桑椹和桑叶笼罩
用染黑的手指掏耳廓里溜走的风声
一年又一年　喃喃低语
渐渐蹒跚而行
难以忍受的分离
窗帘翻开错位的眼睛

我的身子浮在高楼天际
魂魄像鸟在寂然里飞掠的影子

迁徙或者巢居

河流密布　摇曳的血脉
离开躯体和空气　山形墙的屋边
传来一声叫喊　如同
地基下
裂开来的一堆碎石

稻穗比吹过的风还轻　城市
突出的骨骼　移过河流和田野
弹响有力的关节

从一万零一夜的乡村小屋
走近重复和重叠的现代空间
水旁的鹭鸟　白头翁　麻雀
香樟和茂密芦苇
在记忆中消遣
变成尖锐起来的嘈杂声响

玻璃上炫目的光点
把一个窗口的一只眼睛
照得发黑

养蚕场或小屋孵化出直立的公寓
地基的深度　触及了
祖祖辈辈的根底岩石

迁　变

收藏农具

我收集蓑衣　斗笠　木犁
收集竹篾器具和辘轳　放在
心灵内部展示
告诉自己
一个由桑树和稻田组成的郊外
仅存这些了

城市抬抬眼皮
田野上的植物垂下了头
视觉里的风　吹散
嗅觉和听觉
以及所有一切灵敏的禽鸣

这些漂浮而来的东西
陈列在我高高的肋骨架上
线条有些暗淡　形状显得模糊
枝藤和编织
如同一大堆晒干的故事
又被潮湿侵蚀

更为凝滞的空气
沉默感染到了一种压迫
照射在这些东西上的光亮
如同穿过凌晨的寒冷阳光

一乡之望

黑青色的屋顶　形成一片
低矮墙面　在梦游般的天空下
一乡在烟雾中波动

这是内心成熟的季节
草粘在鞋上　麻雀在草垛里筑巢
每扇会说话的门
在眼前晃动　许多三伯三婶
从后厨的灶头出来
麦饼变成诱饵　变成一盏盏
举起的灯
照亮了脚边的田埂

猫习惯性地衔着麦秸玩耍
嗅探人的脚步　间隙中
狡黠地欣赏自己的机警举止

房子和猫的亲密时光
被城市的旋律变成一种慷慨
田野没了　猫也不见了
低矮的天空下
楼顶上挂着一轮孤单的太阳

小屋的背后

小屋的背后
一座工厂生出炫丽的轮廓
微蓝的涂料同经济力量合在一起

滞留的小屋
屋披倒塌　几根裸露的梁柱
如同一台缝纫机的骨架残骸

白鹭在捕捉草尖上的光点

脚底之下的坑洼
积集着工业泥炭和油花
绛红色的有机物质冒出水泡
像在低声述说
太多地方　乡村已经全部消失
留下一点痕迹
也在变换空气

小屋的意识和知觉
此刻仿佛在剥去最后一层墙皮
结束一个世纪的延续

空房子

空房子的门咯吱　灰尘
布满草篮的网眼　椅子和桌子
被蜘蛛捻出的线串在一起
蝙蝠群
造出一阵幽灵的声音

晦暗中　离门最近的柱子
浅白色的蛆虫上下蠕动
霉湿的空气
从袒露的砖缝渗透出来
凝成的水珠
落在滋养蚕的竹匾上

灯泡醒不过来
一根电线的断头搭拉在窗口
时辰　分钟与过去的日子和年
摇摆着
相互惦记着光阴

肌肉隐藏在骨骼两边
空房子淹没在生长的杂草之中
我像一个蜡化的人
感到斜进门的一束光
异常地火烫

迁　变

抽象的脸

猛然一转身　碰到的墙
全是变凉的玻璃　抽象的脸
好像有些惊恐

向上的楼升进天际
我像告别了什么最轻微的事情
走进一个抽屉的大厅

按动电梯　快速地
脱离桑树和广袤的农田
像已离开半个世界

远处一盏自言自语的灯
如同狗的眼睛
穿透了虚静的玻璃

空间缩小
视野在反光上面移动
天空撒下了

最后一把稻谷似的星星

蚌河

回到蚌河
杨柳的每一根垂枝深入水中
采出带有褶边的涟漪

木浆恢复一点水的感觉
鸟群飞越水面　透明的空气里
水珠散开变成河岸边
房屋的色调
马头墙的守望

蚌壳黑褐坚硬
蚌唇飘动着黏涎的腮丝
甲藻
穿透了水的身体

把蚌和蚌河的水带上岸来
那些用四肢和张大着嘴说出的声音
充满了再现的空间

燥热

草丛闷热　地皮上爬满
发痒的湿疹　我的肢体
被抓痕一点点占据

浓烈的霉味
刺激嗅动的鼻子　蔓生植物
淹没了村野小径

村落变得愈加空旷
多云的天空　燥热在强烈的光线里
驰过我们的农田

皮肤被熏黄
毛孔上的斑点在神经上柔蠕
如同聚集着无数茸茸的小虫

而一条死去的瘦猫
尾巴僵硬地露出草丛
散去了苍蝇和气味

一张村落之叶

一种微笑　坐落在城市的深处
挂在曾是村落的脸上

名称不改　含义变了内涵
这是安慰心灵的一种身影

微笑起了皱纹
身在其中的公寓　像几根笔直的筷子
挟住了消瘦的天空

满脑弥散的乡村气息
变成宽松的衣服　从身体里伸出的手
在高空拖干净地板
用窗帘
控制了光亮

香烟缭绕
如同丝丝缕缕蔓藤
飘散中　掠过河边的菜园和景色
肥土下的根
从时间的底部升起

迁　变

好像悬空的衣架上
晾着的风吹动了没有心脏的表情

一张村落之叶
进入了叶子的幻想

在新楼的客厅里

地面坚硬
肥皂水洗过的花岗岩
光溜溜的样子　色泽迷离
间歇性变化的釉色
像平静的水流动

一只脚穿上另一种鞋子进进出出
灯光照亮大厅　把白昼与黑夜
变成相同的天堂

像散游的鱼
游进合拢又松开的隐形手指
浮动着纤细的影子

所有农作物以及农作物词语
飘过城市的过道
轻盈的样子　融合发光的身段

而花岗岩绚丽
泛出一片烟茫茫的蓝光　长久
凝视之后　形成了一张
圈圈点点的细眼之网

郊外的乡村

当田埂隐入柏油路面
城市里像箱子一样的建筑相涌而出
堆得越来越高
挤压之中的那些街道　如同
指甲划出来的线条
幽幽的光
缩短了黑色的人影

每个折叠起来的每个空隙
风鼓着腮帮把嘴给了每一扇窗
一年四季的事物
飞尘味道
在卷边的半空一成不变

郊外的样子
时间像一个沸旋的陀螺

每座收紧腰身的建筑进入它们的围墙
耀眼的光如同锃亮的凿子
敲击着巨大的玻璃
下沉的身体
仿佛看见了
蝴蝶形的植物闪出微光

绿色的口水

地基之上长出荒草
在差点忘记的黄昏里窣窣走动

曾经走过的路
黏糊糊的泥土　重型车辙
像一条条深刻的溪流

干裂之后　车辙变成纵横的壕沟
我的脚在经过锋利的边缘

两边稳固的楼房
闪出许多星光　灯的电流
隐隐在每个窗口流淌

而歇在杂草中的挖掘机
挂在履带上的草　像是一道道
垂涎的绿色口水

走在狭长的桑林里

在狭长的桑林行走　桑椹
像是哭出黑颜色的一只眼睛
在砍伐下来的树干和桑叶之间

这些村庄四周的植物
颓破而泣　而残留在土壤里的根
在最后的光阴里踌躇

蚕和城市　如同分裂的细胞
在心灵的土地上
切断了联系

彼此窒息　桑椹的色泽
仿佛在区分着两种分量
重的是黑暗　轻的是光亮

江南到了尽头
蚕茧的品质
被掉落的残枝乱叶屠灭

气味

田埂消失　街道出现
柏油的沥青气味　装在口袋里
让我掏出钥匙时
听到一扇城市门的锁孔
穿过一切空间的喧闹

五脏粘着雾凇状的六腑
世上另一类必须融入的日子
城市变得广阔　灯光
向着楼宇向上升腾
打开的不眠之夜
灯在闪出怯生生的光芒

比沥青气味更为具体的感觉
水泥的空间失去了最清晰的叶芽
以至虚幻的眼睛
一再出现
村落　田地
树木环绕的鱼塘

弃河

河流凝固　停止了流动
水面上的油浮和垃圾　变成绿苔
夏天的气味
觅食的鸟开始转向
降低着声调飞远

浓稠的光晕　水在堵塞一座小区
想为自己或任何人说话的气泡
在堤岸的深坑中
用喉咙
填满一个空间

河的僵硬臂弯在河的身体上
抱着一只没有飞走的死鸟
抚摸并凝听
凋零的羽毛和嗫嚅

老桑树

在最边缘的墙边
老桑树翻动着一片叶子的绿色
耐心地守住自己的灵魂
几粒风干的桑椹
在它唇边

枝干像是天然的骨头
肢体在一种失去田野的情绪里悸动
斑驳的树皮如同展开的新叶

光线从密集的楼房间过来
如同一根使用的拐杖
搁在墙角的根上

老桑树盘吸一块袖珍的土壤
每日用一种鹤立的姿态
压住自己的悲怆
静默地在热闹的城市庭院
走动风的哑步

过去跟在老桑树的后面
如同暮色中邻居的傍晚散步

迁 变

倾盆大雨

白昼变黑　清空一块场地
每块玻璃贴上一层狂风的光膜
聚过来的倾盆大雨
如同秋后的谷粒
堆满隐隐的内心晒场

窗玻璃震响
乡村的雨滴彻底碎裂

抬头望望云层　天空灰暗
跃步或跳跃的时间
在风中加速地摆动

金黄色的灯光一片模糊
当它熄灭　闭上眼睛
感到骤然变化的天气
如同过往不能忘却的繁忙和脚步
拂过脸颊

回乡小记

点上一盏灯
灯光把我肋骨以下的黑色影子
贴在花花搭搭的墙上

风的舌头舔动旮旯的苔藓
稻草咀嚼过的绳子
像反刍的食物
发黑的碎屑一地
遮住房子的光

如在一座古井的底部
湮没在深渊的沉寂之中

墙角的蟋蟀唧唧鸣响
仿佛从遥远的另一端传来
像条细细的弧线
套着我的脖子
感到空气中有个收紧的漩涡

灯光飘飘忽忽
影子被墙轻轻地扶起
又重重地摔到地上

迁 变

城市规划或设计

悬空自己的身体和心肺
在高楼拉开一轴规划蓝图
看村落更远的田野

许多树已远离生长的地方
那些葱郁的树林
迁徙的鸟在抖落最后一片树叶

目光中的庭深小院
几亩耕地晒着的阳光
皮尺正在自说自话地经过

过后的黏热柏油
田野竖出来的每一扇窗子
变成了太阳的金块

这种光合作用
楼房进入一片僵止的稻浪
人影伴着星形的沙砾

而功能区域落在坚硬的地上
一边是有异味的空气
一边是昼夜永恒的灯光

氏族

在一个春天的早晨
氏族的人从比邻的房子里
向城市的各个角落散去

毛茸茸的树和灌木丛
小道和田埂边的草
鸟雀寂然喧闹

站立的漫长一分钟　眼皮上
一言不语的情绪已经干枯
几缕轻巧的树枝
在墙上
弄皱了徘徊的人影

氏族分离　土地一亩一亩变远
细微的脉络　像吹散的稻草
一根根落到了背后

空旷一片寂寥　唯独一串钥匙
刮擦的声响　在手心里
放射出晴空的光芒

迁　变

怪样的夜晚

村巷寒夜晴朗
风在低回　冷清的河面出现波纹
几棵叶子干硬的树
有些怯懦　虚弱的影子沙沙
带来了路面的摇曳

鸟鸣从线缆上响起
返回屋脊的月光　月色
斜躺在黑瓦上
几茎瓦楞草
如同干瘪的瑟瑟心思
从一个屋脊跳过另一个屋脊

吼叫的野犬
出没在各个角落或在路的中间
留意着任何侵入的动静

走入深深的小巷
人影陷在长长的月光之中
丁点音息　响起四周噼啪声响
怪样的夜晚
脚步像是一片惊惶的落叶
正在追赶落荒而跑的夜风

城市的羊

意想不到的羊　出现在城市的中心
在临时棚子的空地
脸颊贴着草尖

这片预留的土地　荒废已久
为羊的生存和咀嚼
繁衍出了一片草原

叶丛高耸入云　四周的墙壁
布满城市透亮的窗户
吸满葱绿的光

一种虚幻的喘息时刻
天鹅绒般的静寂
闪过互不连贯的脑海

城市滋养出了一小片意念中的景色
景色得到一只羊的早晨或月色
我想到了这些合适的词语

在鱼塘边

当电线杆在田野上歪斜
电线在树枝上垂落下来
我在早晨的灰暗中
看着鱼塘恍惚
神情摇撼着我的肩膀

电流终止　增氧泵沉到干涸的池底
渔网上许多细眼　粘着
黄土　像是丢弃的一团麻布

半截温度计露出地面
凝结着寒冷的秋光

嗅闻气味的小猫
绕着转了几圈　四周没有人迹
猫须上的尘埃气息
被两片弯线似的嘴唇
轻轻摩挲

杂乱在风中发抖
我像在完成一种步行的仪式
走过早晨的鱼塘

树枝

枝干在树叶间游动
像是穿越一条叽叽喳喳的走廊
愉悦的鸣禽
羽毛吹动着风
梢尖触及了一点蔚蓝的天空

过去的日子　在树叶与树叶的空隙
阳光一口一口吐出烟圈
温暖或明亮的光斑
枝干的手势
相依着淡淡的生活感觉

这种美好的时光　揳在记忆里
田野的万事万物仿佛都在聚集过来
变成一种指向
感到微颤的呼吸和光线
沾湿了露水

而漫不经心的走动　返回最初的地方
林立的高楼切割空气
一棵孤零零的树
在空空的脚下
垒起了一堆厚厚的叶片

迁　变

老乡的音讯

音讯惊骇
当一个老乡的生命从他自己的口中逃走
我像在一座孤悬的山上

四周峭壁嶙峋
窒息的空气
形成了一片晕眩的静默

仿佛低沉的曲调在从田埂上飘来
大号小号如同冰冷的火焰
穿透了白昼的黑暗

一朵锡箔
变成一瓣雪花一缕烟雾
垂落下神情恍惚的浓浓哀思

我像冻僵在强烈的烈日之下
失去了内心和
眼睛最深处的语言

觉得自己的舌头
僵直地贴着上腭
呼喊急煞　发不出一点声音

空椅

如同前尘往事　一小块
月光　万籁俱静地落到
空椅上面

时间静止
窗外的月亮正在缓慢变圆
转移了枯叶发出的声响
秋意扩散
交叠着密密思绪
嘴中灼热的气息
在窗口的缝隙中散尽

寂静变得浓密
我如同虚构故事中的虚构人物
仰望满天星辰
微曲的脊椎弧影
掉在地上
低下的头
用一辈子的跋涉抵达此刻的默然

空椅穿透从窗户过来的月光
灰尘飘出我的头脑
携带着我身上的重量

迁　变

在露台上

坐在露台上　城市的灯
越来越亮　四周的不锈钢栏杆
被冲刷得雪白

昼与夜连在一起
日照的力量和夜色的轻飘
如同一只气球
充足了空气
膨胀得充满弹性
跳动着一个又一个索索响的想法

而我把平静的时光
分出比例
三分之一独自喝茶
三分之二看自己细长的黑影
变成一根尺子

测量着黑影的斜射角度
眼睛之间的沉寂距离

散步

思绪进入时间的角落
在时刻里打旋　十二月的夜晚
星星东蹦西跳

身影枯瘦　一次又一次抬起的脚
徘徊了几圈　沿着
毛刺刺的墙壁移动

喉咙紧缩
被夜色浸得冰冷的脸
如同一张皱巴巴的日历纸页

漫长而迂回的经历
出现变化　像人的胳膊肘子
蕴含着弯曲意思

虚拟的微妙　抽象是种真实
拉长或缩短的身子
每一寸都有复杂的计算

天空又升起皎洁月亮
冷不丁一个寒噤
身边的植物和路　晃然抖了一下

迁　变

小径

走在小径上
心里发出的脚步声　在我身后
追赶自己的后跟
斜吹过来的风一阵收缩
脸上凝固了一滩冰冷的树影

灯光穿插在树丛之中
一瞬即逝的黑乎乎空隙
闪动着飘去的光点

悸动的瞬间
心灵影响　每一根树枝
画出了网套的形状

我的肌腱发出嘎吱的响声
脚踝在路面上拐疼
竖起了受惊的毛发

坚硬的混凝土形成深巷
小径伸进宽阔的道路
走动的每一个脚步
灯光和树影
挤出了我急促的呼吸

雨夜

夜在浓密的睫毛里
窗上的雨滴忽静忽动　像在
垂直的玻璃上踱步

头脑有些隐疼　心脏
在极短的时间里　快跳了两下
又疲倦地间歇一次
仿佛在一片意识之外
肌肉抽动之后
皮肤麻木
在睁开城市的眼睛瞬间
紧紧地闭上了瞳孔

嘴唇默不出声
心事在眼角的余光里波动
坑坑洼洼的玻璃
拉长了一张
变形的脸庞

栖居的定义

我终于理解了栖居涵义　如人体肝脏
在这种深刻的基础里
生命延续
情感渗入骨髓
田垄　沟渠　缤纷的气息缠绕
我甚至看到夜风吹拂村巷明亮的窗帘

感到昏沉　郁积而起的疼痛
是一再伤及身心的灰烬和坍驰的心境
是震耳欲聋的寂静
飘移的虚弱之脚
以及凝视的目光　穿透
杂乱无章的一堆砖石和一丛灌木

肝脏垂衰的轮廓　布满阴影
眼皮耷下大半　脸色的光泽更暗
而最初栖居的地方
在乡间　在哑然的草丛
已被昼与夜
啃噬殆尽

迁居

当四周的墙壁
如同身上一件崭新的衣服
松松垮垮　接触不到肉体
这时我像一只凌空的鸟
在自己体内飞行

土地是最低下的底层
绸布做的树　被室内的灯光所温暖
被我的手剪枝　栽培　嫁接和萌芽
绵延起的百啭千声鸟鸣
汩汩的曲调
把天气的每一个征候
变成植物指南

在这同一个天空下面
飘零的雨　再也不会透过屋顶
滴落瓦缝里的水珠

降临这新生的高空
窗框里的灰色天空　如同一张
虚幻照片　树间芬芳的风
滑过我的皮肤
散发出心颤的泥土气息

跟茧有关的感觉

巨大的一座茧形建筑从天而降
从金属间的玻璃光中　我
再次穿越浅绿的村庄

我将自己照亮　像在传奇之约路途
变成一只软软的蚕　在心灵
和性情深处
轻轻游曳
踮着没有一丝声响的脚尖
在墙沟里移动

生死轮回的感觉　桑叶一片片飘过眼前
豪华而冰冷的装饰
干净透亮
楼梯在盘旋
目光在僵滞
而我一再相望的眼睛
左眼是古老蚕室的发黑橡柱和残骸
右眼是玻璃外模糊的街区
两眼分开
如同两只捅破的窟窿

天空的白色
柏油路面的黑色蛾子
在两种颜色之间拍打着柔弱翅膀

鸟的影子

绿叶在上
黄叶在下
树像一把破雨伞　骨架散乱
鸟巢从上坠落　刹那间变成微尘
禁不住痉挛的鸟
在紊乱和错位的光线里呻吟
看见大片大片难看的黑色泥块
裸露出来

鸟必须去远方用口水重新筑巢
必须在尖厉的吱吱声响中
避开挖掘机和起重机
这种烦心的事情　各种问题
死去活来 仿佛只有在天的边界
可以盘旋
可以清一清嗓子
适合再次不安地栖居

迁徙变成影子
影子在飞行的影子里插上羽毛
经过一次次漫游和一次次飘落
灰尘里的一连串脚印
在脑袋中 在变成
不断流动的空气

坐在高楼的椅子里

我好像只有一种姿势
把手表搁在一边　让它自然停止
每天坐在高楼的椅子里
看着窗外
下午过去晚上过来

我好像只是偶然感觉到了风
在自己的颅骨里吹动
在内心的旷野里静止
觉得有风的日子
我的胸口会有一种难受的疼痛
有时一分钟
有时半天或一天

而经常飞动的小虫　悄悄碰触睫毛
这时我总会伸出手去　试图
捉住几个　放入
掌心仔细端详
看它们毛茸茸的脚或羽毛上
是否沾着远处的泥土

我这样每天坐在椅子里
溶解时光　每天斜着自己的肩膀
看云烟坍塌　听心跳
响出静谧的声音

小地块

我带着云的口罩
终于从最低屋檐下的小地块
升上了有着几十层天空组成的云顶
像城市口腔中
种植的一颗新牙
牙尖上的光　明净洁白
断了房基下敏感的神经

没有稻草和植物的纯粹空间
消失了乡邻的眼睛闪烁
如同一个哑巴人　咬咬舌头　放空视野
窗帘抿紧了嘴唇　脑袋
埋入自己的胸口

小地块终究竖起玉米棒似的楼房
灵魂飘入天空　远离土壤和四季
每天经过的昼夜
只是时钟几声滴答的走动
而像纸一样薄的毗连墙壁
又厚得没有生命迹象
灯光滋滋地响
每个早晨便是一个黄昏

靠近城市线的西漳

城市角上灰黑或绿的印象
一只茧 一个镌刻着虎蚕的玻璃杯
蓝色的服装开始蜕变　公路
在一夜之间变得宽阔
从桑树上摘下的葚子
染黑了牙齿

农田一包三改的步子　更多种子
大摇大摆进入泥土　像安静的蚕茧
在内部起了作用

这是种在颅骨里的农业
每株稻　每茎麦　或所有作物
摇曳出自己的姿态　使预言者的日子
抵达温暖粮仓
鸟和野花无限地广延

一个男孩　一个男人　经历一个年代
黑眼睛眨了一下　城市变成一条剑蛇
穿过田埂　在村巷之间游动
墙壁冒出冷汗
农田一层层灰暗下去
滑溜的痕迹　变成街道桥梁和天地

一张寝床
移开了一块栖息之地

无常的感觉　心跳搅拌着混凝土
千百万吨水泥　突然直立
建筑如同粗壮的巨手　把变硬的云
推向高空

白昼黑夜在光线中疾驰而过
空中充满了日子的形状
一个世纪的时辰泯灭　又一个世纪
说起那些稻草　桑树和蚕
存在或者遗弃
四周没有声音　极小的房间
已在时间的概念之外

迁　变

一乡之地

内心的一乡水边　当我
再次凝视　苔藓拂动缭绕的光影
池塘上最下一层石阶
熟悉的咕咕鸟鸣和浮萍
褪去了颜色

一只小木船　沉在淤泥之中
细而僵滞的绳子无头无尾
像条烂蛇盘绕在舷上

这些颠覆性的迹象
水菱扯断了音讯　无一丝风的叶子
从此岸到彼岸　在水面上
布置裂开的缝隙　颤抖着
枯萎的花萼

河流依然在向远方延伸
在渴望和沉郁的眼睛里
变成脚下的战栗

而更大的空间　再一次
让我变蓝变绿变暗的视觉

说出一个光景
说尽一个光景
苔藓爬满了这个日子的瞬间

茧和丝

当蚕吐出自己的丝　变成
茧的一部分　专注所做的事情
像在调解暗黑中的光亮

茧　一个小小的天国
在缎与绸中
绵延着自己些许的伤感

而交融的冉升之地
水蒸气或难熬的生活　价值
变得无足轻重

无限缩小的简捷形体
眼见之意　失去自己的同时
分量也在一再减轻

如同思维和意识
每一天衰竭的时光　都是
苟延的存在

再说蚕茧

椭圆形的茧　我在里面
那些桑叶　草或者任何早期的月色
在我喉咙的深处

茧是我自己编织出来的
是我自己的固执
耕耘自己肉体的一种精力

我在很小的空间里蠕动
每天的工作和转变
感到有种吸引力的思想在飘忽

这些丝　是水深三寸的思绪
是外界反应的寓意
是渗进我眼睛和耳朵的低语

我像破浪前进的泡沫
一个难看的身姿
在狭小空间里温暖演化

迁　变

稻草人

因为我太安静　只有一种姿势
思想和咆哮抽离　臂力伸不出袖口
视而不见的眼睛
好像从没看见不平常的事情
即使麦子稻子桑椹桑树被世界击毁
我也没有最轻微的不安和忧郁

我一直告诉自己的头和身体以及终结末日
我没有灵魂和感情　我只看见
自己的影子站在那里

一种空虚

像笨拙的鸟最后飞离
鸟巢的形骸四散　失去尊严的田野
冷冷清清

像树木倒下　带走所有
梢隙里的光线　压低的轻轻云层
落到空地

鱼的音息无影无踪
池塘无以言表的梦呓　波纹
翻动发白的眼皮

乡村如同光秃秃的废墟
浑身的椎骨打颤　一再出现
焦虑的响鸣

一种空虚　冲向
城市的新生墙壁　胸口
贮满了柏油的焦炙气味

这种时刻的另一种生活
头脑和思维
蒸发掉了消逝的一切

迁　变

祖先

当一支香开始与祖先对话
祖先的气息过来　摇曳如同整个身躯
然后就有隐声的话语
落进耳朵　响起了
寂静的脚步声音

这种时刻　祖先的名誉和尊严
在一支香的四周浮现　在头顶
盘旋　像一只扩散的眼睛
回到生存现场
巡视着房屋　附近的树林和田野
以及失去或将要失去的期待
感到在烟缕中
有些挂念　有些暂时的忧郁
担心警言的消失

一支香缭缭绕绕　保持思想的样子
在灵魂的眼中　清晰地
跳跃一分钟　随后如同祈祷和拯救
再一次逝去　静止在
浮躁的空气中

啜饮

郊外朝着更远的方向漂移
我在临别的时刻　坐下
再喝一杯乡村小茶

门户敞开　风从农田吹来
榆树跳动着一大堆思绪　带来
房屋的历史

乡邻悄然飘离　隐入深处
不断重现的鸟和河流
穿越一动不动的身体

羊齿植物在变化的光中
变得尖锐　切断茎脉的叶子
沿着小路伸进了荒野

啜饮自己的影子
田野在回眸的天空中部署
轻盈地抵达城市

屋顶上

先是一声感应的猫走动
然后厉声的追逐嚎叫和嘶吼
瓦片稀里哗啦翻开
原始的简单情形
在经过欲望

自然重复
投掷石子驱赶　石子顺着瓦槽
骨碌碌滑了下来

修葺的梯子　松动了榫合
脚尖和后跟　浮在沟瓦和盖瓦之上
达到一种轻功的状态

猫在搏动
生命力仍在继续

屋顶上　没有意外不来的雨
雨在天花板上滴下
形成雨渍
而猫漆黑一团　瓦片照样踉跄
在记忆的幻影里破碎
响起不绝的动物语言

乡宴

在一种多数陌生人的场合
想伸出的手　像戒烟一样拢紧
偶尔迎面一笑　目光昏眩
无法辨认的脸容
集结一层阴影

四十年停顿　各种联系悄无声息
留存下来的肢体和皱纹
牙齿或已错位　口腔或已
窝瘪收紧
说不清的名字　粘着上腭
垂挂下来　又被一口喘气吸入喉咙
而一些待见的年轻　美的面孔
像一阵冷风吹过
隐于出没的时间

仿佛身在另一个世界
乡宴如同一次间歇的心跳　那些
糖纸一样的脸
极小的印象
掠过我灵魂的缝隙

大狗

大狗　你的脑袋跟人的脑袋
不一样　你的舌头像块破布
人用文明的语言说话

大狗　你狂吠的嘴在腾空的脚上
人都怕你没有理智　怕你
把人的腿当成一根骨头

更怕一种回声
你唤来兄弟　一起对抗人的临近
或来临的厄运

大狗　你不用注意人的身体
人是最平静的　有美好形象
没有鸡鸣狗盗的典故

即使喜欢上你的肉味
那也只是嗜好　跟疯狂和残忍
没有什么关系

大狗　你有很好的听力
你听得懂人说的话　你的舌头
让我绞拧一下好吗

葵花籽

这些从田里来的小东西
被城市烘焙　在精致的果盘里
被叼上嘴唇　变成趣味和丰盈的光阴
从太阳升起到隐去光辉
每一天日子
都是幽邃的岁月梦境

这些小东西跟思想和改变没有联系
只是一万个烦恼之外
一种消遣

告别榆树

站在我的榆树面前
一瞬间的最后一刻　我要走了
在看不见的背后　不知道是落叶满地
还是跟我一起　拔出根须
抖尽变硬的泥土

榆树高大　变得能够看见一切
从绿叶上渗出的光　唤醒
每个空隙　如同动员出来的眼睛
看着我　用我懂的语言
说出话来
田垄围拢过来　庄稼被空中的云
遮盖　颤栗的草和花朵
在眼里　变成了
形形色色的一点幻觉

榆树跟我挥手告别
而我梳了一下灰白头发　避开
起皱的树皮 转身走了

西飞的鸟

迁徙的鸟　　向西飞去
像我眼睛深处　　流出的一滴
干枯眼泪

这低矮丛中的鸟
翅膀弓着湿漉背脊
侧身而视的目光　　被树梢
阻挡　田野隐约缠绕
细细的脚
掉落了一股树林的气味

一只鸟飞走了　　后面成群的鸟
像枯叶一样散开　　像一簇叶丛
经过尘世

而我抖动身体
感到幽暗的寒气在透入心肺
在源缘的土地之上凝固
寂静的天空
鸟和鸟间隔开来　　云海茫茫

缩影

当镇和乡融入变硬的街道
社区像从田埂上飞出来的小鸟　栖在
树上鸣啭　这一时刻
天空清了清嗓子
变得突然年轻了

光从建筑物的蓝色空间升起
每扇窗子像贝壳和一片宁静的海
凝止瞬息的过去

而身边的车流　如同地下涌出的水源
鳞集的愿望　翻转变化的含义
加快了喉咙口脉搏的速率

楼房越发高耸
墙面上发亮的巨大电子屏幕
密码一样的光点　像毛茸茸的草叶
灌木丛　蜿蜒村道　塘边的小花
闪烁出蟋蟀的动静
绿莹莹的　在虚空中蠕动
拾起遗落的细枝末节

街道上每一面玻璃有着日光
照见自己　生活似乎让人愉快
表情看到了陌生的表情

在城市的手指上

城市的关节　在建筑的手指上
窗子的玻璃像望远镜的镜片
迷眼的光斑　从高空到地面
四处跳动　让不同色彩
各居落霞一方

郊外的每次凝视对应层层树丛
每一个深处的情感动作　隐入手势
失去任何痕迹

像经过蒸馏　淬炼的一颗露珠
缀在楼层中　纯化的记忆
收紧了静止的闪烁

高空上的位置汇聚起种种情绪和思念
房间变成云池　清爽而白净的脸
像在一朵睡莲上
再生和复活

而升起的街景效果
花花绿绿　光雾滑过脖颈
昼夜无尽的晕眩散发芳香
钟表滴答之声的絮语
响出哑默的回音
　迁　变

一只公鸡

早上　在宁静的城市小区
一只公鸡像在梦游后的迷误地方
提着嗓子　撩动
半明半暗的晨曦
辐射出一道黄铜色的光束

窗子在半空闪亮　街道
在眼前流逝　幻觉中的田野气息
场景猛然地交错
树篱惊醒　一座粉色宅院
萦绕着天的颜色　水的颜色　稻谷的颜色
视觉变成感觉　衍生出
若隐若现的栅栏和时刻

田野在窗外的云层里起伏
在自然的想象天地
飞翔或降落

一只离群索居的公鸡
像刺眼的光一样　在早晨的肺脏里啼鸣
天边冉冉升起的太阳
变成一只公鸡的心脏
震动眨眼的窗口

警觉

在墙的感觉和知觉梦里
一幅乡村的画弥散开空间的气息
太阳印在上面　小溪连着宅子
空灵的树竖在菜圃一边
稻草人吓走了一只蝴蝶

天空非常清澈　田埂
伸进一朵云里　栖在树梢的鸟
花色的羽毛斑斓　如同
树隙中的光线
在那一方的场院　稻谷正在脱粒
长久的落日　点缀在
孤单的异境中

而一只纸船如同秋里的天鹅
推动着涟漪　向着青葱的溪边移动
目光撞上了花白的睫毛

云朵从天空掠过
那些只有过去　没有现在的往事
如同墙面上的霉斑　在画框
四周蔓延　覆盖住
自然的感觉和知觉

迁　变

十二月

乡村十二月　田野上的地平线
和天穹重合　像河蚌闭拢的嘴唇
隐含黄昏的肌体
透过光秃秃的树枝　池塘
凝固波纹　上了一层沥青
七零八落的水泡
在视力和想象力中
变成一个个落单的踪影

风吹得更低　草垛早已褪色
一团皱缩的泥巴　失去了
前瞻和回顾的感觉
山雀飞过田垄
冰雪似幻似真
所有随风而逝的表情和反应
如同蔓藤缠绕一棵古树
柏油糊上黏土
马路延伸
飘起浓重的油烟气味

我站在一垛墙的边上
裸露的支墩和壁柱卸下砖瓦
冰凉和沉默不语的空气
像块变形的玻璃
闪着冷光

透过敞开的门

村庄里的门敞开
没有保险　没有眼睛　只有习惯和平静
蝉声像是敷在竹榻上的丝绸
居中而坐的台钟　独自
转动时针　从左到右凝望
起居室　卧室　厨房
像松开纽扣的衬衣　透出
澄澈的心理和安心

风随意地停留片刻　家什
在梦中擦净　轮廓线上的亮点
插销自动分解
珠帘里的空间
目光一直伸到深处的墙壁
歇息时　四仙桌上的烟和烟缸
杯子和白瓷凉壶中的麦茶
都在放心的位置上
净化透明的光照

这通透的午后　出现在过去
在一个静悄悄的简约年代
跨越了时间

迁变

鸟群飞散

鸟群飞散瞬间　像脸的五官
分离开鼻子　嘴和眼睛　那一刻
村庄荒凉寂寥　树枝散乱
乡邻的繁茂声音
突然坠落

垂曳的鸟巢如同透空的壳子
村巷无声无息　碎渣和坍塌聚在一起
高处的窗户掀出一个个窟窿

而池塘里的光点如同遗迹
失去轻盈的气色　弄得茫然的心象
思绪纷飞

云朵像是残垣上长出的叶子
压抑或未被压抑的记忆　变成
粗糙的风　沿着绿篱和小径
不停地撞上倒下的砖墙

鸟用稻草编的翅膀　飞得
不见踪影　又像一团喉咙口的碎毛
堵得心头发慌

退化

当一个古代养蚕人
和一只野生的蛾子
融合在一起
那就像把一个柔嫩生命变成一个天使
使一小朵白云飘出一个日子
这样
几十亿个日子过去
翅膀在养殖中失去飞行能力
肉体散发出蛹的气息
狭窄空间
只留下丝一样的玄思
而羽毛的激动状态
跟生命的怯弱
形成了不对称的渴望和身影

水塔

蚕种场里的水塔　留在
遗址上　像一个了解生活经历的人
脸上添了冷清的日照

水已流逝干净　曾经蚕的事情
飞到了天外
又沉重地落到地上

桑树成了虚幻的想象
太过纤细的蚕丝
牵不动世界旋转的枢轴

飘过的浮云　剥离时光
被简化为一具骨架　僵滞地
陷入木讷的虚空

如同缩小的一根火柴
失效而隔绝的感觉　湿气弥散
在绿地里　丢了光芒

养蚕

蚕在桑叶上
从盘错小径靠近枝枝桠桠的山
越来越快生长的脊骨
带着身体膝盖和灵魂
默默行走

充满柔软而专注的耐心
眼睛如同日光浴中两粒细小的水珠
在草丛莽野里
日复一日
夜复一夜
凝聚一种永远战栗不已的气息
吐出亮闪的白丝

稳固进步的瞬间　魅力
融入蔓延的荆棘　在额头的高度
保持身体的姿势

而学会坠落　挣扎地爬起
缓慢而久久地蠕动　或揪心的颤动
坚韧的意志
从一条草径上
蜿蜒地转入起伏的山脊

喉咙里的方言

当方言碰到喉咙
移到嘴唇　道地说出土语
这一刻我仿佛是湿泥里钻出的树木
从空旷的田地里　接近
降临的天空

方言像熟透的谷穗沾着露珠
通向芳草萋萋的田埂　自在的感觉
种子在舌面上生长

柔婉成为源泉
让我联想到的东西　蜘蛛毛毛虫和青蛙
动静变得更加亲切

而脸色在一口氧气中红润
内心的河流　被曾经一切隐秘的声响
形成了心情的波纹

密码一样的方言　如同头顶上
有片屋檐　自然的天空
云层中一片云朵飘向窄窄村口
浮动的气流　倏地
变成脉动里的血流

经过一座老桥

眼睑微微下垂　苔藓的睫毛
在我遇见那一瞬间　飘落雨滴
水面上的洞穴　白昼
在石缝的皱纹中
流出幽暗的光

从胸口处滑下的斜坡　躺在脚前
台阶坑坑洼洼　晃动的水
照耀朦胧的落寞

追逐的房屋围拢过来　更多影子
从肩上抖落　掉进河底
一个弓着背起身的人
变成我的姿态
好像桥是什么
我就是什么

时光移动
雨水消隐在街沟的角落
相连一个百米之外的村庄

干草堆

一垛干草堆　是座
童年的书屋　向内掏出的空穴
透入薄薄的微光　那些日子
书页与眼睛融洽
新鲜的干草有芳香的味道

所有的寻觅和喊叫飞逝
一年又一年的季节　盎然的缝隙
每缕空气变成光的茸毛或眼睫

非虚构的光阴一寸又一寸变化
万物和世界　在眼里出现
又在尘土的飞扬中飘浮

——吞没田野的城市
吹走村庄最后一根秸秆
天空的灰白渗入了骨头

干草堆变成一个庞大的宜居社区
那些阳台后面的人和房间
适应酱油的光线
书架上的灰尘
盖满了一万个耸立的日子

一分地

一分地被花岗岩遮盖
一座公寓楼拔地而起　砖和水泥
挤入墙体　在城市的森林中
保持勤奋的姿态

更多的土地　或更大的拓展
混凝土琢磨着每分地的价值和位置
在精准的平面图上　吹去
散落的泥土
把轻巧的规划线条变成道路
轴心提升出空间的层次

一分地竖起一根没有感觉的骨头
骨头插在泥里　上面
红色的光焰如同流过的血液

分分厘厘的土地脱离四季变化
僵硬之下　草和绿色以及蜻蜓
在地底重叠
倚着篱笆
做着日出月落的梦

土井

先是泥土　后是浆水
接着又清澈起来　像过滤的愿望
涌动的空间　幻想变真
一只提桶的泼洒
叶子从阳光四溢的田野里醒来

小孩的力气　是上个世纪最好性格
胳膊插入黏土　如同荷塘深处
拖动的泥藕

井被手指抠出了另一重天
在矮墙边的树下　像枚硬币有光
泉眼潺潺　涌入的云朵
变成一条条波纹
带着虹色
感觉幼嫩的肢体正在燃烧

而得意的脸　总在
桶和水中晃来晃去　田野靠在耳朵上
诞生一个人一辈子的记忆
绷紧的绳子　发出
骨头嘎吱嘎吱的声响

乡邻们

乡邻的一碗饭或一口烟
从村东到村西　浸透菜肴的味道
肥的瘦的农事和家事
从田野的口中
变成咀嚼的米饭

门槛变成凳子　村巷变成一条走廊
话中轻盈的身体　在融化中
房屋与房屋像是孪生兄弟
通感黏贴一起
转换所有感觉
而刚刚停步的影子　又有影子过来
重叠在屋檐下面

乡邻们在一起的岁月
串门就是一缕照亮脸的光
光中嗓音和记忆　充满了回声

风从自己的影子里吹过
村巷如同抽动的烟留在肺里
过了一半人生　轻轻
吐了出来　瞬间
散去了所有人的面孔

三月的田埂

在人行道细小的砖缝里
躺着乡村的田埂　那些迎春和荠菜花
柳丝上的轻烟或羽翎
以及衣服纤维里的草茎
如同一粒尘屑
从潜藏的深处升起

如同一层砖中另一个世界的气息
摇曳 晃动　自然之地
涌出一种无中之无的冥想或沉思

亮润润的地面浮动光泽
幻想之花柔软飘动
凄清美丽的样子
包括有着灵魂的树木和昆虫
形成一场飞雪缠绕城市

人群来来回回的小步或大步
侵入内心　感觉到的田埂和那些野花
重新回到地面
而躲闪不及的一片落叶
恰似我的魂魄

坐在谷仓里

坐在一座谷仓　呼吸
在我的呼吸里面　这一刻我同
所有的谷粒一样饱满
看飞进飞出的鸟
以光的速度穿过时光

我以自己精致的躯体
变成默然而毫无生存担忧的无知动物
排空了脑子里的一切

谷物变得抽象
形成指缝里可以流逝的微粒
没有饥饿的开阔面孔
使得瞬间
再也说不清自己曾是什么
或者已是什么　觉得我的骨骼和体重
在轻轻地天然生长

静静地坐在谷仓忘却了谷仓
我如一朵飘起的茸絮
可以直上天空

迁　变

一扇半开的窗

那扇半开的窗　　是我最好的空间
浮现出的小径　　向疏远的田野延伸
穿过寂静　凝望远处
那些楼房大厦
和灯光之外的蔓生植物
视野变得更加沉静

云在融化的积雪上流出红晕
田垄悄悄缭绕　　变成思想的波纹
这时我渴望一只鸟或蜜蜂飞来
悬定眼前　闪出微蓝的光泽
随后低飞　　贴着树篱
落到发黄的扁平叶子上
在一个楼层中
消磨时光

小径在半开的窗里穿梭
在大脑里回旋　　一次意志的迁移
梦境闯入城市
我像一个偶然路过的人
一小片一小片田野　　如同炊烟
飘过起伏不停的褐色土壤

蚕

我已忘记夏蚕
忘记的还有桑树桑叶　麦秆的枝枝桠桠
蚕架放弃了一切娇柔光鲜
留下的竹匾　如同空空的月份
每个重叠的季节
忧郁之美
在想象中蠕动和颤栗
丝和蛾子越过了我闪烁的睫毛
而更加忘得一干二净的蚕室
在并不祈求的雨季　墙上
泛出青色霉潮
布满诡谲的斑点

寻找池塘的鸟

一只鸟从蚂蚁的洞口望去
望向深深的地底　用嘴喙
试图挖掘点什么东西

一只鸟清楚地记得这个洞口的位置
有着一座池塘　片片云彩
曾在水面上腾起

仿佛还有比例的层次
四周的空间　纷杂斑斓　远处的
村庄紧贴着完美的树丛

而颈子和腰线上的蓝色羽毛
从水波上一掠过　就有透亮的光线
挂上了树梢

现在鸟找不到池塘　过来又过去
它只看到蚂蚁的爬动　川流不息地
在自己的食物里忙碌

蚂蚁的洞口很小很深
那里没有尽头　地下的池塘
也许是个空心的幻觉

关于一个纪念日子

混凝土开辟道路之后
匝石加速前进　形成新生的城市
楼房每块玻璃眨动眼睑
诞生的社区
变出一个纪念日子

烟花变成阳光的五彩纸屑
从高空的每扇窗户　款款
降落到人行道上

乡村从一只看不见的鸟影中
隐入时间的深处

从这个纪念日子开始　谁都变了
经过的河流和昼与夜
心灵上的身份
十万亩农田
窗前的柏油路面　都已
覆盖好了黑色犁沟里的种子

这难忘而短暂的瞬间
嗖嗖而过的汽车和陌生人

迁　变

在交叉街口
像一面面光芒里的小彩旗
飘进一座深深的城市

一垛矮墙

从不知道是草压垮了墙
更不知道草能钻入砖缝
还可有力生长

一垛矮墙坍塌了　如同剖开的人体模型
内脏掏空　心与肺不见踪影
所有的动静一片枯寂

如在令人抽搐的墓穴
霉湿的空气捂住了嘴唇
胆汁收紧惊恐的喉咙和舌头

微光一点一点进入
掠过曾经的人世间院子
地上到处是碎砖和发白的蛋壳

这一切不能倒叙的变化
一垛矮墙如同一道粗粗的加重线
横在感情和沉默下面

麦子收割的季候

在城市　想到麦子收割的季候
坐如雕像　以至眼圈扩大
盯着鸟飞过北窗

天空一层乳白色的云雾
如同厚重而光滑的冰面　四周
没有抓上一把的东西

麦子在很远的地方浮动
在江南又一场烂雨里　隔开了
直起的城市

我的肩胛夹紧了我的胸口
在模糊的视觉中　望见
一片无影无踪的田野

麦子轻轻摇晃　季候颤动
我转身一望　发现房内的桌子和椅子
清爽明净 浮在锃亮的地砖之上

在郊外河边

树枝带着葱绿　遮掩
继续航行的河流　轻柔的南风
吹向没有时间的尽头

昔日愣愣的一点模样
水在水面上裂开　投射的身影
像铅笔头一样尖削

暑气又涨了上来　日子飞快
赘肉淹没肋骨　河流变宽
暮色如同一块凝结的止咳糖块

水搅乱眼睛的凝视
闷热空气填满一只肥胖的瓦罐
渗出虚空的汗珠

而风在我松动的牙缝里
来回穿梭　昏暗的空隙
响出哆嗦的声响

变异

任何漫长的都是瞬间
瞬间又在迅速地变异

夜总是一个巨人
星光从顶楼的窗前飘过
形成钢筋大厦一块块蓝色的玻璃

关上灯　记忆熄灭
人行道上湿漉漉的光点凝结
沉下默默的意识

而楼影像是穿着鞋子的脚
伸进另一幢楼的笔直裤管
几乎隐匿不见

夜在继续深入
白昼的全部角度和立场
如云似雾　像要掉进深渊的样子

灰从一支烟上抖落
往事失去轮廓　零零散散
变成烟缸里一堆恶臭的气味

寂静中　膝盖和一声哈欠
都是轻轻的空气

在正午的阳光里

一泓水湾
槐树和杨树进入绿荫
蝉鸣　在清晰的高空响起

摇动蒲扇　风从祖母的手中
吹拂过来　背衬着一张
椿凳上正午的困睡

树叶一片片撤离房子
村庄从头顶到脚　经过门槛
径直走出了永恒的年代

空间转化　脂肪
像要燃烧似的　七月的光芒
达到了空茫的沸点

绿荫和一泓水湾
在空中直立起来　变得恍恍惚惚
干草屑掠过了卵石和土

夏天越来越近　大量的建设
正在进行　洒满阳光的头发
像是暴晒中的黑色烈焰

迁　变

还乡偶记

当脚替代了树根
在雨后还乡的泥泞路上吱吱行走
驼起的背　已是
带回的行囊

步履蹒跚的样子　脚底
抽走了脊骨的重力　一个迟钝的人
在四处辨认着
景象和植物的光亮

每个贫瘠的脚印里　晃动着水
水上迷糊的亮色　浮出几颗
新砸碎的石子
像是仅有的陆地

鸟也如同稀有气体
田垄上堆积起的一层又一层房屋
楼挨着楼　目光
碰到另一重天

村后的树林

存在也许是种痉挛
腐殖土上的落叶粘在一起
零星的几棵树　枝杈交缠
乱了分寸
像在延缓的时刻里缱绻　等待着我
俯下身来　看一看
是谁的叶子

那一刻　树干的木纹里
人的脸和眼睛
像是幽灵在空间含糊不清

纤弱的光线来来往往
留下的光斑沉寂或在凝望
正如绿地　一片葱茏的树林
被吞噬　变成睫毛下
沮丧的泥泽

而我经过黝黑的树林
肺叶在那里呼吸
透彻和敏感　看见瘦骨嶙峋的树
掉落最后一片叶子
腐殖土内充满了低声细语

迁　变

水牛

水牛被一根绳子缚住
鸢尾和芦苇在铜色的河边摇曳

如同岩石　趴在水里一动不动
锥形牛角向后仰起
核桃般的眼睑侧影　绯红点儿
在淤泥的气味中
黯然失色

甩动着尾巴　鼻翼发出庄重的哞哞声响
驱赶着四周的苍蝇
肋骨像是岩石上的斑纹

水牛微合着眼睛　被压低的力量
似乎有失常的颤栗　呼吸
更加缓慢　而土色的躯体黝黑
依然同鸢尾和芦苇
有寡言的接触

捏一团黑泥

捏一团经历之初的黑泥
整个构想　人物或形态造型
在夜晚的黑暗中

祖先之灵　从树根 田埂上
以及草茎一般的村庄 挤出指缝
试图重新回到那片土地

湿润融入泥塑
草帽从前额垮塌　脊椎
错开了水平的位置

回到正确的尺寸上来
去掉额骨　眼睛和情感
脸泛出月亮里空白的光色

从这种自然状态　进入
抽象或渴望的状态 这一切
由城市的想象决定

而顺利完成揉捏过程
塑像的口袋里　无意间长出了一束
风铃草和矢车菊

迁　变

一片桑树倒下的地方

日子叠加
某些桑田被广场的灯照亮
光芒四射的夜晚
充满人影的曲调
腰肢带出了大脑的微风

一片桑树倒下的地方
一群楼房聚拢过来　鸟的翅膀
在飞行的墙上
躲避光点
从刺痛的玻璃上坠落

像天花板一样吊起的方形天空
月亮变成晃动的灯泡
热空气降临下来
影子如同夜晚撕下的日历
而那些记住或许忘记的桑叶
像是散开的假发
露出了每个发亮的头皮
风让我听到我的呼吸

朦胧的月色或灯光　使每个人的眼睛
黄莹莹地
闪出涂了清漆的光沫

雪的不一样感觉

雪的睫毛眨动之后
在这边　在那边　在山里边
每个趿拉的脚印粘滞或静止

雪的荒漠从一阵风中吹来
找到的路　迷失的路　毫无意义的路
每个经过的人像片盘旋的叶子

大胡子一样的雪脸
黑乎乎一样的雪光
泡沫云一样的雪雾
磨砂镜一样的雪月
一夜之间出生的有意识雪人
以及千枝万树上的冰凌和雪山
给每个人一点默不出声的回音

雪已盖住幽暗的尘土
一种洁净　一种确信　一种思想和行动
抬起了每个人枯荣的眼睛

雪　分解出冷藏的寂静
纯的光芒　纯的凛冽　纯的早晨
每个人踉跄　像影子掠过

迁　变

冬天的远方

抵达冬天的远方　在那里
扫视房间一遍　用一片雪的天空
照亮自己的孤寂

睫毛上的每一个侧面
云朵像充足的气囊　鸟群飞来
让我握住一片天外的羽毛
在临时的桌上
放平一张白纸

窗外的树梢在半空摇晃
雾凇闪烁不定　闪着枯骨般的颜色
而肠内一阵隆隆声响　墙角土豆
如同耐心的一枚肉丸
味道直立起来

鸟群掠过冰封万里的寒地
如同路上消瘦的卷曲树叶

贫瘠的生命更加真实
我俯下身体　在那一间小屋
用笔的感觉潜入内心的荒野

在狭长的乡间小道

在旷漠的雪地树边
一座孤零零房子　沉寂而又纯洁
狗向上跃起　冲我狂吠　静谧中
空气凝结　分寸立刻怔住
一种控制变成窨默
我停顿下来　望着凶猛的目光
感到每一粒雪
像是闪亮的钉子

蓝色的山雀栖在听觉的树枝上
啼鸣的声音尖厉而不安
如同音节上长出的带刺叶子

乡间抽紧的小道　两边
反射出耀眼的雪光　惊恐和不知所措
使尘世间三方生灵
各自放大或缩小比例　微妙地
遥遥相望　保持的陌生距离
眼睛没有一只合拢
黑色魅影扑动白色的翅膀
在我额头上升或落下

迁　变

雾凇

雾凇漫过现有的树枝
被光震惊一触　单薄的形态
在苍白的天空下飘动

新雪落在旧雪上
迷蒙的眼睛睁开　杂踏的影子翩跹
丢失的时光　散落一地

白昼或树枝上的一瞬
明亮更深地潜入寂静　极度的寒风
被口罩轻轻烹煮

像熄灭的火　白色的灰烬
粘在身上　靴子跨过任何地方
象征了空白的步子

早晨开放的阳光　在雾凇面前
停了一下　站着的每一棵树
孤零零地闪出冷光

狐狸

狐狸在雪的光中移动
皮毛润泽　闪出乳一样的蓝光
迷人的脊背优雅　机警和灵性
散发出一声絮语的气息
进入树林
玫瑰色的眼睑使时辰静止
全景之中的任何光点　变成
蜷缩的草叶和荒芜的枝丛
形态里的视觉
穿过匆遽而过的灵魂　像光芒来临
而林中的鸟乱了静默的分寸
忘了为什么一而再地
飞进
飞出

雪中的踪迹

雪从风中的街道
吹到脚边　连续一个星期
墙壁变得更加灰暗　我反复走动
咯吱咯吱　吮吸
来自天上的声音

在这黑白之间
黑被抹去　白的厚度在一点点上升
缓慢倾斜的天空　向远处消隐
我仿佛在
一无所知的感觉上

我留下的脚印如同一只只纸船
在身后的影子上漂浮

而疼痛的眼睛　盯着鞋尖
发现鞋面上新鲜的雪
变成了污浊斑点

雪中的踪迹
如同一股碎末簌簌落下
歪斜的　凌乱的　掀起一团尘埃
在远及天涯的路上
被白茫茫的光掳走了一切

雪人

雪人从梦中走来
面容素净　快速地吸取阳光
带着魂魄的眼睛　被风
吹出泪水　模糊的视线中
光秃秃的树枝　小鸟
在天穹消失

无法离开自己的位置
黑色的灰尘覆盖过来　自行消融
周围彩色的斑点
同自己的各种声音混合在一起
奔腾的水声　冲向湿漉漉的人行道
觉得自己在冷漠地坠落
在深不可测的深渊摇曳
——失去平静和原来的样子
像一个不幸的牺牲者
拂过肩上的光

污垢一层层如湿泥粘在身上
呼吸沉重　脚下的地面动摇和打滑
路已越来越窄

迁　变

雪人一点点衰变和萎缩
而留下来的浮动气息　长久地
环绕着喉咙弥漫
内心的洁白
在胸口深处疼痛

元月一日的雪

雪长出了树的新枝
举起的光晶莹　像笔直的冰凌
伸进了喉咙

这是新年的第一天　田垅
焕然一新　一种洁净的现象
去除了所有黯然的痕迹

风吹起太阳
每一粒雪在融化天空和大地
闪着金属光泽的灰烬

时间继续从头开始
尤其这个日子　鞋子有了姿势
风拧紧了骨头和关节

嘴唇在虚空中还原形状
面颊慢慢拓展　渐渐地
开门撞见一片迷蒙的宁静

雪的一分钟气息
转化为雾　扩大的空间到来
光晕在树梢的荆棘中晃动

迁变

第二场雪

荒僻地方　我藏在雪的林中
树枝放光　变成雾凇的茎脉
凝视中　白昼的光摆动
形成蜂涌的星光
毛茸茸地经过眼睑

太阳加热之后
雾凇下起了第二场雪　无数
雪花落在头上　响起金属的声音
增强的光亮
像从树上飘下的碎纸
祭奠着我的黑发

这第二场雪填满我进入林中的靴印
所有通道关闭　悬吊起强烈的寂静
空中的一只眼睛
湿漉漉的　在树梢上
看我的影子移动

脚步重新诞生
树林围着雪　雪圈住我缩小的地方
万念消失　虚浮的土地歇息下来
幽闭或醒悟
风在更清晰地经过

时间临近

像个哑巴　等待拆除的房子
如同一口干燥的泥罐

内心空荡荡的　风抽走了气息
一座没有衰老的房子
屏住了呼吸

阴影浓密柔和
带着我的嘴或房子的眼睛
踱步或者坐立不安

咕哝一句最后的话
房子的虚空如同泥罐的寂静
感到所有的纹路全是羞愧

我目光呆滞
撕裂的风在轰隆隆地震响

迁　变

梦幻

在萦怀的洪荒乡间　梦的尾巴
伸进鬼影绰绰的草丛
栏栅里的马　两只眼睛下垂
衰老的光抹上右眼
混浊的雾围在左眼四周
搂住骨架的皮囊　堆出层层叠叠的褶皱
嘶鸣的声音在胸膛深处回响
喘不过气的感觉
被微微收缩的肋骨卡住
空中的蹄　找不到
稳定的平衡

冥茫中的惊恐　一分钟的墙上
发黑的灯　如同一只白蛾

石化的翅膀从天花板上飘落
云的阴影掠过另一个我的脸庞
没有知觉的手指　触摸
熟悉墙体
发现斑驳的泥灰
上面许多名字　日期和面孔
渗入地板的缝隙

而空壳一样的房子和一个小小的躯壳
套在一起　相互摸索窗户
再也说不清
梦是怎样被带进脑子的

城市感觉

一切在被消耗
消耗光阴　能量以及随之而来的境遇
每个人在水泥的灌木丛中奔波
让产生的一千伏电压
穿过自己的胸膛

身份或名誉在肩胛上抖动
前倾的重心　卷起飕飕的风声
手臂撞击着腹腔的肋骨

肺里吸进呼出的人影
超越的焦躁不安　热辣辣的脖子
着了火一样
朝着不知所云的地方
蔓延和辐射

气流扑向我的脸　冲向我的双眼
压住急促和沉重的呼吸
眼前一根根黑头火柴
在尘雾中
忽闪而过

人造土坡

挖出田野的泥土
垒起人造土坡　植上的树木
在坡面上奔跑

水泥从深坑中站立起来
裸露的肌体　套上滑溜溜的色彩
金属闪出刺眼的光亮

泥土跟着风旋转
重新品尝空气的味道
树木在轻轻叫喊

而日出的位置又高了一些
楼房和坡脊的背面　落下
几缕鸟鸣

光芒镀着纯金
一边楼房的清晰影子
在梦境中移动

离开深秋的乡村

回到城市　雨雪来了
住宅区的天空灰白
西边黛蓝的山变得遥远

树枝上的积雪
在细雨中融化　楼房的沉沉黑影
冻住了所有寒冷的门窗

膝盖好像浸在水里
跺动的脚　忘了丢开的芦花鞋
屋内的地砖　敷着一层薄冰

影子抖抖索索
冷清的角度　墙的模样改变
搓揉的手指挤干了血液

而耳朵如同微型纸杯
没有嘴唇的嘴巴　翕动着
保持继续呼吸

乔迁的日子

在院子里　在那边　在一棵树的上方
各种睫毛上的光焰跃向空中
穹庐的锅盖发出扑扑回声
纷繁的枝条垂挂
遮蔽的绿荫从额头上滑落
这仿佛美丽的样子
夜　屋顶和拽过的路　都被照亮
墙角的暗影　也在
缩回砖缝

梦里的云朵涌簇一起
在没有泥土的天边开花
越来越多的幻想　变成灰屑
硫磺和飘远的气味
在空气里净化　归向沉寂
而天空再次出现的白色星星
镇静下来
一棵棵树的绿叶　那边　在院子里
站着一个抽象的人

在寺头的青莲桥上

青莲桥掉进黑水沟里
过去的寺院影子　残留的砖瓦
变成遍地乱渣
雾气和潮气
冲淡了阳光
发出声音的苔藓　充满
唏嘘的叹息

沉浊的风从河的一边吹来
另一边破落的矮房歪斜
墙上的皮疹发黑
散发着多年前凋敝的霉味
感受中的伫立
阴郁变得安静　思索立即停止
河流的灰暗　淌着
虚弱的茫然神色

而远处的楼房　形成一个群体
像在穿过一条小径　喘着
粗气而来

毛茸茸的薄暮按住我的额头
脸上光晕　突出的联想特征
是咬紧嘴唇
抽走眼里的目光

临窗俯瞰

当窗外的空地被挖掘之后
震颤就挤过空气　进入我的心脏
而塔吊　城市的替身
剥离血液和皮肤
赤裸的肌腱嘎吱嘎吱伸展
每次停顿　坑深入一层
起飞的尘土　吹黑了
白色的窗帘

墙在抖动
钢丝绳绷紧的铁爪摆荡摇晃
片刻之间的起伏
一次次吞噬　又一次次呕吐
狂咳不止的我
脸被尘土粘连

这种崖边的日常生活
噪音埋进耳朵　在胸膛回响
晕晕沉沉的脑子
害怕自己的神经突然扯断
坠落深渊
连同泥块一起
被泛泛地运走

迁　变

那天

那天　新居的窗帘脱钩
凳子疯癫的腿将装置的身体
支楞在失控的床角

隐疼的肋骨　裂缝
在一口呼气中扩大　喜悦
趴在了地面

表情的一种解释
错在渴求完美　或是所谓的
陌生寝室

静静地躺在植绒软垫上
窗口的月亮　经过洗涤
漂白了脸上的红晕

这样一动不动
许多日子在皮囊里慢慢消退
痛感强化了一点吸收的印痕

两条鱼

两条乡间的鱼
游进城市的空气和鱼缸　那一刻
柔软的嘴唇　有种纯粹的空间
水草或宽叶植物
摆动着光滑的水纹

日子循环　宁静浸在光照之中
玻璃变成沉思血液
陌生的区域
失去了景象的眩晕

月亮吐出粉嫩的水泡
浮在晃晃悠悠的天空
思绪的涟漪交缠　默默静止
鳍和腮
染上梦游的霉斑

鱼重复性地兜着圈子踱步
偶尔望一望焦虑的明天
或在水波的层面上
爬上爬下
松软的肚腩垂腴　脊骨上
堆起了囊肉

迁　变

改变

我和过去已经不再相同
那时　鞋子脱在田埂　秧苗或农作物的
绿叶经过手　经过风的波浪
目光在无边无际的视野里开花
现在我的鞋子搁在门边
窗前的盆栽
绑着黑色的枝梗
热胀冷缩的涂漆钢窗和玻璃
发出崩裂的声响
不一样的生活
光线变得像羽毛一样纤细

我常常数寻自己的一根根肋骨
聚集起来　遮住心与肺
适应房间或天花板的
缩小和低垂

通感

乡村集聚在一枚植物的果实里
李子或橘子的轮廓不清
失调的连绵阴雨
枝干细弱
满地的落果　介壳虫
证明了叶片和枝梢的枯萎

时间叠起墙上的影子
一天 86400 秒　一年的通感沉睡
窗前的鸟　没有任何方向

阳光站在睫毛上眺望
围合在四周的高楼竖起垂直的玻璃
像在旋转门内　带进
带出的光晕
从头顶　到胸口和膝盖
缓缓落地

偶尔站稳　独立似一棵树呼吸
白绒绒的花絮变成黑雾
弥漫空中

迁　变

雪中

风不凛冽　飘下的一朵小雪
在半空融化

遇见就是一次道别
喝下一口无形的空气　幻想破灭

无血无肉的抽搐
没有田野的树木都在哭泣

大风

大风漫过庄稼　又从
侧面扑来　咆哮碾碎了稻花

从地底涌出的气蚀
拔出所有根须　泥土的碎粒
吹出一片荒漠

沙子击落眼睛
穿过歪斜的身躯

鹤塚

去鹤塚上坟
守墓的竹子揉搓着碑字　石头活了
祭奠着有节的手杖

沉寂或安静
隔开的肺叶被层层枝叶覆盖
每一道结痂的斑纹
都已熟透疏离

空隙

在楼房与楼房的豁口
望见更远楼房之间的缝隙
笔直的目光　形成
天空的一条路径　通向了
旷野或田野

那里的池塘正在即兴长出荒草
累积了百年之久的波纹
抚摸着苔藓的石头

村庄伸出一只手　掌心朝上
上面几滴屋檐上枯瘦的雨水闪光
随后抖掉　低着头
面无表情地瞅着门槛
几片落叶
刮擦着脆弱的风声

迈动的脚
在房屋的窗口一动不动
小径仰面躺在瞳孔里

野猫

野猫四处打望
蜥蜴一样的目光阴沉或惊恐
令人毛骨悚然

野猫在腐蚀殆尽的村子里出没
无声的前肢和后趾　逡巡
历历在目的房屋
斑驳的门牌号码
浸透酸液一般的时光

耳朵的天线转动声音和方向
唇语在抽象的唇线上变化噏嚅
漏出魔法似的表情

关节翻遍所有暗影的动静
魅惑的哭声　或苔藓边的绿草
拖着截短的长音

浮藻飘进街上的水洼
又一只野猫汲着蕴涵其中的天空
喷射过来的冷光
洗白石板
吓飞了几只小鸟

在住宅小区的高楼里

身体或肩膀
透出很新鲜的泥土味道
天空中的田间　翻动绿和金黄的土壤
一只黄昏边缘的青蛙
停在我的窗前
呱呱叫着

凝视镜子
沾过雨水的沙子压在胸口
青筋爬上脖子　嘴唇四周的皮肤
绷得紧促　凹陷的眼睛里
填满滑溜的光线

肺像两个瘪气的小球
酸性的空气渗入嗅觉　弯了腰的咳嗽
冒出游弋的星星　一颗颗
落到了地板上

目光凝结
脸黑乎乎一坨　镜中除了自己
只有美丽的白色群楼
叠加着　背衬在
窗户里面

迁　变

泥土之躯

蚯蚓在泥土里跋涉
起因和秘密模糊不清　曲线
在穿过适合的场合和空间

身段维持思绪的分寸
敏感吮吸着极限的感光
隐身的技巧动用了几十种身段

嗅觉照亮所有碎石之间的缝隙
满腹的生态学知识
扼住了黏湿的静电

迂回的环境
小心爬过的路　表面上的蜷缩
光滑的洞穴变得更深

泥土之躯
或害羞或非同一般
在经过的通道里轻柔地蠕动

上一代人

那是已经结束的日子
左邻右里　一盏夏天的街灯成为光源
男人们叩击棋子　混杂的声音动荡不安
当我从村口归来　裤衩
被拽到脚踝　恶魔的嬉笑
使我不敢说出
脆弱的伤害

他们都是蟾蜍　嗓音无法无天
疙瘩如同滚滚而来的泥丸
胡子长成粗针　腿上的
曲张静脉蜿蜒
摊开的双脚　炫耀刚买回来的鞋子
永不合身的西装　变成长袖短褂
扯斜微笑的嘴角　目光
羞怯如猫

日常的简捷或无形
最自然的表情忽冷忽热
卷起的袖子　许多细节的褶脊　如同
稻草或一缕光线
飘过我默默憧憬的眼睛
这样年年月月　四季隐蔽

迁　变

终结了僻壤的时辰

现在我的天下变得成熟
住在城里　偶遇上一代人的陌生面孔
视而不见　而当猛然想起
我已走了过去

迁变

栖居的寓所
住宅小区填满一片田野
窗玻璃上的光魅惑　相互呼应
楼房的有力踝骨
伸入钢筋水泥的地心

无辜的沉闷　唇髭长出荒草
脑子里的沃土翻动不停
使阳台与遥远的篱墙
交融一起
盆栽中的一撮泥土和含义
拂过城市的窗棂
花卉倒挂苍穹　猫的
有簇影子　扑动灌木深处的叶子
传到心里的呻吟
碰到一口深深的呼吸

目光与熟稔的距离　间隔
一层玻璃　安静和辉煌的孤寂
在干净的房间里生长
晨曦或夜色
时间穿着袜子
无声而又轻盈

不眠的夜际

房子孤立
四周的鸟哑着嗓音飞远
这一刻　我的眼皮加快跳动
像在等待
泪水倾洒
衰败的椽柱垮塌

嘴里含着一粒谷子
我仿佛有了足够多的时间忘记田野
微风测定门窗的缝隙
蛛网连接——
落地的糠秕

比梦还轻的告别
开裂的砖缝如同无一合拢的眼睛
一些失而复现的用品
弥盖着灰尘
而变成灯罩的报纸　一点
城市化的标题　在瞳孔里
充满空间
撒下墙灰和不眠的夜际

这是村子坠落的时间

锯齿形的黑蒙蒙天空　如同
锈迹斑斑的一片剃刀
斜在我的屋檐边上

迁　变

窗景

城市的雪和风
总会整理出干净的小径　养成
住宅小区的洁癖
使落叶产生一种感官
卷走满地的尘土

庭院的树木藏好远方的田野
一阵又一阵过来的雨　伴随着魂魄
滴下梦悠悠的微光
溅落的样子
如同鸡在食钵里觅食

玻璃上的云层
揽着暖融融的阳台　露出一块
想入非非的空隙

此时此刻
小径保留着蚯蚓的消化道形状
独居或安静的周边环境
歇在窗景之中
瞟过冷或热的光晕

坐在新居的阳台上

黑夜　萧瑟的风很大
虫鸣如同天上还有的一丝亮光
拂过水泥的窗沿
每棵抖动身子的树
在晦涩地飞翔

房子对面的房子　熄灭
最后一盏灯　重新出现的浓墨空旷
影子瘫痪下去
眼睛隐没
相互顾盼的眼睛

看一眼自己的脚
概念中的趾骨掠过泥泞小道
那些被洗净的泥斑
隐没时代的踪迹
某一瞬间
身影像在天壤之别的边界

冷飕飕的窗子开着
风吹胀裤子　裤子贴着大腿
像在摆弄一副骨架

迁　变

恐高

脱离地心引力　恐高
在眩晕的楼宇间旋转　胶囊汽车
分解开狭窄的通道

阳光斜照过来
金色崖边　一个软沓沓的人影
如同黑色织物　缩在
阳台后面
堆积在时辰的椅子里

血涌满头部
窗帘　给迷恋的眼睛戴上眼罩
感到脚下的地壳
有些冰凉　正在脱离远古大地
隆起的心脏
有了干枯的形状

而透入间隙的光亮
闪出刺眼的绿色和蓝色　落进
一个瞎子的房间

透明的变化过程

田野上　十几台挖掘机
绷紧肌肉　钢兜里的土
掏空蚌的小河　工棚前的洼水里
空酒瓶和废弃的泡塑
晒着阳光

鸟飞的远了一些　翅膀
默默隐匿　那些看不见的小爪
躲进了伶俐的腹腔

田边的稻草人　粗粗的喉结
动个不停

蝴蝶沾着泥渍
纸一样的羽翼　皱起几丝
灰白的条纹

根须剥离开自己盘绕的泥土
石子如同另一个世界里的足迹
坑里恶化的水
满怀凄凉
我的脚趾
在鞋里跷动了一下

城市指南

陌生路口
车流与行人嗖嗖而过
马铃薯纵队　蚯蚓队形　各种
原色的蔬菜样子　轮胎气味
裂开呼吸和心跳

汽车的尾气如同一种空气的注射针筒
留下肺的一把草火

街口巨大时钟里的分针和秒针
胶着端详的时光

过了斑马线
信号灯长出暗色的苔藓　柏油路面
沉淀到意识的深处
而城市指南上一页又一页温暖的气息
弥散开来
暗淡或明亮
同样不明自己的方向

锯锯草

水泥缝隙里的草　带着新鲜的露珠
它仿佛已经超越生存和死亡

沉思默想的草　在自己正确的位置
继续疯长

城市三公分厚的地皮
凝成一大片空地或鄙野之美
空气变成一种还愿的气息

安安静静走过的脚　每一步
回响着窸窣的风声

看上一眼或想象一眼
我像在目睹自己的重生和毁灭

穿过一个原先的村庄

穿过一个午后村庄
小狗的黑眸子意味深长
兔子安静地卧在笼中　一把锄头
站在田埂上
瞧着一小块菜圃

阳光晒裂了桑树
树枝在毛毛虫游览中越缩越短
有些垂下的椹子　像在滴下
新鲜的黑色

夏日的背心描绘出脖颈的印记
皮肤吸入了求取的光源

穿过一个原先的村庄
眼前高楼上的光　从趾甲一直爬上天空
如同一串尖细的针
射进返乡的身体

一根稻草

一根稻草　飘在城市上空
缠着一大堆田野的思绪

一根稻草　佝偻起身
繁衍出千亩万亩幻觉的光线

一根稻草　干咳了一声
土壤和季候松开了咬紧的牙齿

一根稻草　进入翕动的嘴唇
遗忘了最后一粒米的香息

一根稻草　丢下苍穹
体内的万物冒出一丝着火的烟缕

放光的眼睛
看见天堂的灰烬落下

惊叹不已的惊叹
城市的空气造出了攀登的梯子

遥远的地方　土地硬化
稻草响起回声的脚步

迁　变

走在田野的道路上

荒草变成沃土的灵魂
叶上的釉光　填满了坑洼

田野中宽阔的道路
汽车卷起一溜飞扬的白色尘土
车辙上的牌照　跳跃
城市代码
向着眼前的未来急驶过去
这种没有回程的力量
使随风而动的树叶和草屑
腾空行走

喘息间的宁静　那被分隔的空气
在路的中间汇合　一路向前的行道树
露出城市的天空

飞过来的小鸟
躲开汽车散热器上的光　嘴喙深处
吐出一口淡淡的青烟

坐在一个叫西漳的老街

坐在街端一张凳上
视线进入一个楼宇窗户　又从
另一个窗户出来　行政或规划的空间
昼夜的灯仿佛总在审视方案
使一个局外人
揉了下眼睛

那些楼中的人
忙忙碌碌　每个名字都有自己的责任
垂直的电梯　或升或降
或在半空停顿
似乎一簇蔓草
在土地和村落的高处游弋

那里光亮之中的影子
还有影子

身后的推土机拢出一大堆碎砖
飘来的浓密气息　从
从我的头顶飘落下来

都市里的一条简陋老街

迁　变

矮房后面冒出的大厦楼房
巨大的倒影
淹没了卵石路面

再说老街

老街进入三月的黄昏
广告牌驳落下贴纸一样的暮色
血液变成雾气

这使五叶草花
或紫色蝴蝶花在降临的城市中
变成窗户的梦境

而所有门板上清晰的字迹
正在出售房屋的影子　宅子的地基
贯穿着连续的松动

地上的纸　灰尘绒毛　褪色的光
老街倾斜了天空和田野
在风中暗暗地喘息

迁　变

一瞥

猫的眼睛眨动冷蓝的光
同村垣残墙上的暮色相互凝视
一口枯井　悬起了
水珠的想象

远处的砖桥　圆拱着背
耳穴里一撮茸毛　吹动衰老的风
头顶上的云朵
发出剥落的声响

沟渠里塞满又绿又密的草
电线杆上垂曳下来的电线
啃咬着地上的泥土

一瞥凝结了眼睛
蠓虫飞满周围　某一原因
眼皮摸到了大脑的疼痛

穿过寂静

有时候　鸟使工地
歇息下来　使锯锯草或孤零零的树
掉落一些尘土　像用刷子
在清理出
绿的剩余部分

片晌时刻　在场的鸟
仿佛控制止住了机械的情绪
冷静了燥热的烟雾

仿佛一缕羽毛的斜影
可以计算出建筑物硬的厚度

鸟在胆怯地悬定
用嘴喙轻轻碰触一株直立的草
草朝着城市的方向
瞬间倒下
裸露出
抽空的根须

穿过寂静
鸟的踪迹在一切结束之时
被重新吹过来的风
删除了

迁　变

草塘（小长诗）

一

闭上眼睛　想象
压在高楼底下的那片草塘
试问自己　是否还有静止的倒影
以及树下和水上
汇聚的绿色阳光

身体在凝视中散步
不动的脖颈探出窗外
看到团团簇簇的花丛　从地底升起
涌出淡紫色的云彩
微风中软化的石头和枝柳
回到现实　清吟的禽鸣
在无限和无限的方向里
延伸踪迹

睁开眼睑　感觉变得错愕
四周的墙抽空胸腔　茫然的魂魄
每踱一步凝缩一分
门缝里削尖的阴影
像枚钉子
挤压着抖动的空气

二

透视地砖上的缝隙

每次注目仿佛都是一次钻探

齿痕捅进牙里

喉咙溢出泥土的气息

这样日复一日　夜复一夜

我不断告诉自己

我的意念正在抵近草塘的方位

埋在地里的鞋子

长出了青草

温暖而芳香的一座房屋

一瞬间

上个世纪八十年代的梧桐

叶子如同瓦鳞　覆盖

完整的粉墙

我房中之房的窗口　拥入了

适合的幸福和景色

迁　变

三
风吹皱草塘
像无形的手揉捏一只纸袋
里面的碎屑　撒出一池皱缩的浮萍

又像一面雕着花色波纹的玻璃
上面呆滞的麻雀变得陌生
倦怠中的疑惑　碾碎
游弋的翅影
变成几个　弄乱的
迟钝黑点

水草的绿色或枯黄　在另一个时辰
翻动寂寥的水云　瑟瑟的样子
仿佛受到了惊吓

四
琢磨这些碎片
那些最初或短暂的遥远光景
陷入大脑的折皱
晨曦和落日
曙光或暮色
光点在蟋蟀和啾鸣中一闪而过
几茎发白的芦苇　变得
凝重而黏稠

发黑的柳枝浸在水里
如同断断续续的泥绳沉浮　在眼里
随波逐流

而坡地蓬松着一头乱发
难以名状的小窟窿　贴着水面
不见泥鳅和蟹子
空洞的水响
汹涌着澎湃的乡愁

村庄在尘土中游离
几颗在固定位置上的星星　开始垂曳
连同变异的树荫一起
沉入水底

迁　变

五
我的眼睛环绕草塘
趾间涌出泥浆　蜈蚣搔着脚踝
滑向一边的身体　穿过空间
动静深处的田园——
鸡鸭拥簇
水牛大声撒尿
坡上菜圃分开一垄垄低低的绿叶
随身而行的小狗　安静地
遗忘了吠叫

泥藕和胖胖的小臂
混淆一种黏乎乎的孩童特征　天晴朗
忽又变得灰暗　裂开的乌云
暴雨噼里啪啦下来
莲叶跳动　筛子似的细流吆喝
那种天气
那种触感
当我仰脸凝望　喉咙里
瞬间的一滴水珠
透入清凉的内心

六

草塘四周的植物

逆向变成回忆　倒影中的柳枝

如同一注墨水在水面上漾开

絮花的飞出　带出一缕蓝烟

熟悉的色彩

渗透每一个细微的视觉

水草扶直了粼粼波光

太阳晒出的水泡　滋养

动心的忧郁

而蹁跹的蝴蝶　附着

许多流逝的往事

丢下一道道白色的阴影

想起别人忘记的过去

或者　想起那些关联的联系

草塘和村庄像道裂痕

一个光点下沉

这里形成那里

孤迥的景色以及梧桐上方的天空

跟随一个移动的人

变成了清澈的雾霭

七

思绪来回穿梭

桑树和十万亩农田　围坐

草塘的圆桌　乡土热情和民俗

节气或春播夏耘　秋收冬储

现成的日常用语

都在清理季候的光线

如同撒入犁沟的种子

芽苗和施肥　茁壮生长或流淌的汗水

鸭子的呱呱叫声

数寻着谷子的日子

空间的方位和概念

移到城市的楼房　左眼与右眼转换

一切失去了正确的方向

窗外的光坍塌在脚边

天上的一朵云凝望另一朵孤独的云

如同一体的老乡　隔着

一滴眼泪的距离

不知谁在返程的路上

心跳倏地停了一拍

贯穿肩背以及膝盖的神经

涂了一层尖酸的黏液

八
高楼的笔直垂线　　插入泥土
农田充裕的采光　　四溢的叶子覆盖田埂
耕耘的人　不是近邻
就是三伯四婶
甚至爷辈或祖上不曾见过的脸
都会若隐若现　所有微笑
跟我的一粒米一口饭
有着说不清的关系

过去的古老生活
窗子中的色彩流放了日出和月光
那些被我观察和想到的人
从两次土地上走过
胶鞋的黄色后跟
抖落下一路的泥块

九
我像只被精心呵护的陶瓷娃娃
擦去身上的泥浆斑点
仰望屋内人群的肩膀
在又高又密的灌木中穿梭
快乐和无知
咀嚼喷香的蚕豆和黄豆
在桌子底下
献出露着牙齿的脑袋
那种时刻　我爱那些围绕的人影
几乎胜过一切

而这偶然中的记性
返归便是又一次月色流淌

十
木犁在继续推动泥土
塘里的青蛙和虫鸣融化葱葱的绿意
农作物导入肌体　村巷的小径
蜿蜒如同静脉
呼吸的炊烟
再次升起　染上夕阳颜色
生动的一颗淡淡的星星
有着意味深长的平静

而水面上的光线变成鲜红的流苏
一再发现白鹭上的云影
如同一个
人心的形状

十一

城市线越过朝北的界域
囊括了草塘　草塘的完美地貌
变成宜居小区的雏形

新鲜的沥青
从远方摊开　边缘的树叶卷曲
平整的道路　学校　楼房
一路过来　黑色的焦油
蒸发出热量　飘散
温暖而又浓郁的蓝烟
眼里消失的绿色和巨大的立体感觉
在城市的线轴中延伸

草塘里的水草露出水面
细听周围的寂静和风声
大口吸着空气

十二

水草沉下清新的味道

那个片刻　我呼出的烟气和雨雾

透过塘边翘起的树梢

仿佛看到

更远的一棵梧桐的枝头　挂着

一缕亮晶晶的悬丝

浮动的毛毛虫

如同一颗将要垂落的水滴

十三
天空撒下沙子　连续的反复和靠近
反对我凝视油色的水波
草塘飘起秋叶
刮擦着风声　在抵近我的脚踝时
充满噪音
而一些陷入困窘的灌木　聚在一起
像是建筑物中
停顿的影子

耳朵里又有天空开裂的巨响
噼啪噼啪的沙子
尘埃一般坠落

十四

墙上一只僵止的钟

窗台的表情与窗台的角落对峙

时针悬在半空　灰白的背景

草塘情形和声音的颜色

浮现　隐去

在视觉的调整中消失

草塘就像一个气泡　里面

月亮和太阳的天体　没有留下

什么湿痕

魅惑的存在　阳台上

长方形的窗子变成一块玻璃

薄薄的丝绸垂帘

隔开春色或寻找的天空

眼眶里　箱子一般堆起的楼房

收拢了一个个

放逐的单元　陌生的鸟

经过荒凉的抽象远方

迁　变

十五

床下蟋蟀响起

狗的吠叫在花瓶里震荡

似乎无处不在的窗帘都在独自站立

像发麻的脚　贴着墙壁

撑起身体和头颅　目光

虚空而荒芜

哈欠埋入了双手之间

眼腺打湿睫毛　一些根源性的问题

偏离了地面上的支点

空气敷着一层冰膜

我变成一块颤颤巍巍的木片　漂在

自己眼里　一阵收缩的眩晕

碰到玻璃　又被玻璃的反光

淹没空间　现实的房屋

清除了泥土

十六
一杯高度酒之后
楼房与楼房的间隙变成一条小径
通向冷清的草塘　那里
菱叶和荷叶粘在枯茎上
童年清澄的摇篮
变成中年以后的竹篮　打捞出
纤维般的油腻水流
遭遇变迁　或不再咀嚼的水生植物
光阴已被寸寸肢解
而以手肘为中心的半径
墙壁充满回响　神经性的视觉
使我发白的鬓发和转动的眼珠
改变了眼神　看到
桌上几颗散乱的花生
脱落了片片红衣

十七

我嘴里的牙齿　保留着
原先居住的小门　沉沉的房屋
渗出血色的月光　掏空了
——竹笼里的蝈蝈
灯泡中的钨丝

墙壁潮湿肿胀　像透水的吸纸
吸满霉斑　窗户里涌出的荒草
如同黏涎的口水
砖瓦和椽橼
惨白
倾斜
破败
仿佛瞟上一眼或吹一口气
都会哗啦一声坍塌下来

瓜架和豆藤的影子
埋在沟里　残留的一些羽化果实
东一撮西一簇的绒毛越过空村
一个观望的角度
矢车菊和石楠
垂下稀落的花朵

十八
愿望无法回头
草叶的腐蚀气味湿透行走的小路
两边稀稀落落的树枝
抖动黑夜
使我凝止不动的脚 穿过
充血的肺和幻想的村口
直趋那朦胧的灌木和一塘残荷
鸟或蝙蝠飞起　浮出
各种颠簸的颤音

我提着萤火虫的光
看到泥块和沙砾　剥离泥土的养分
分散了麦秸的叹息

而近处的一座塔吊　静静地
沉浸于存在之中　空中的横杆
和一只灯泡光亮
如同一个站在空旷田野上吸烟的人
吐出的烟圈
云层流泻
翻腾着诡异的景象

十九
疾风吹动　表情快速横流
村落无法驱赶凋敝的时辰
脆弱或所有相连的事情
在变薄的犬吠中穿过
抵达的推力
牵动墙砖和椽柱　腾起的灰雾
天花板经历了一次
整体着地的过程

想到的正在发生
蜘蛛摸到地上的变形门楣
纤细的丝　织出网状的阴影
拉长天际的冥想
嗫嚅一种钟表的滴答絮语
解体的房屋
最后得到一只无脊小虫
含情脉脉的关怀

这生命的本能反应
诞生了一个历史性的怀念时刻

二十
草塘里的水流逝　泥土干裂
栖在草尖上的蝴蝶
折了半只翅膀

土坡绵延而下
裸露的石头凝重　黝黑　古老
吸着不是空气的气息

藤枝缠绕的树干
弯腰曲背　陷入枯萎的灌木
根须裸露在俯视的目光之中

蠓虫组成的阵雨　拂过脸颊
死掉的蚊子和我的血液混在一起
皮肤带着燠热的气味

而风夹着锈黄的沙粒
从斜坡的空间吹起
像是废墟上冒出的烟雾

江南鸟鸣
开花的桃树杏树樱花树
变成闪闪烁烁的蜃景

迁　变

二十一

街区提速　内压和外力
楼房越长越快　穿透天空和昼夜
鞋里撒出石子　那些
游失的鱼　飘失的水草　走失的乡邻
在落魄中隐没
在我灵魂深处潜伏
黑色柏油带着中央大道
粘上滚滚行驶的车辙

我突然把空中的窗户看成打开的蚌
里面的珍珠　在血肉躯壳里
失去了半辈子或一辈子的知觉
各种式样的米粒和叶菜
俯在厨房的桌子上纹丝不动
而抬眼远望
城市从南到北
墙壁的尺寸和高度
似乎都在吸收大气中的生命活力
领会着天意和天堂
相近的一次次联系和融化

走上城市的楼梯　我把鞋脱在门口
干净的一切　窗玻璃从中间分开
变成了两扇窗子

二十二

梧桐像把老旧伞骨
罩在头顶　在雨和阴交替的屋边
或卵石铺地的村巷　融入幻想的上空
这种单纯和静态归向
悲悯的默想　气息
拂过平静如镜的水面　微风的橡皮
擦去了层层叠叠的云雾

一个人的躯体　仿佛
在借另一个人的生命伫立　天际一大片红光
落到脸上　守望着我的黑夜

高高的楼层变成空中的大地
周而复始　一层窗纱吸满尘土
变成视野的障碍
而繁忙的世界或大街
汽车的指甲涂着各种颜色等待灯光
花瓣的启示
使我再次适合遥远的眺望

那里郁郁葱葱　太阳刚刚出来
草塘和宅院　如同
粗糙的窝巢　被一只鸟衔着
毛茸茸的　融解光滑的空气

迁　变

后 记

当诗的视野在内心开阔起来，使我再次不同于"我自己"时，危机感和紧迫感的转化，唯一的办法就是去接受新的挑战，让不断出现的灵感和活力，带出一些当代性的空气流动。在这种状态中，我仿佛站在城市的高处，望见一片田野，听到耳边和田埂边的树、灌木、宅院以及天空或星星，都在城市化的过程中发出噼啪的响声，而诗的一张嘴、一张脸也在这片尘土里伴着漫步，拷问着生存里的悸动。

城市的树枝从田野的血肉里开出花朵。我的两平方米阳台与城市化或城市线边缘的乡村嬗变焊接在一起，投影的移动，我用一种关注替代了自己紊乱的感觉，由一个变迁的"局外人"变成一个经历者。敏感和平衡，焦虑和交融，日积月累之后，终于凝聚出一个缩影，形成了这部日常生活中常见的而非个人化的《迁变》。忐忑之余，觉得自己的微小姿态，或许能够呈现出一些价值和意义。

每个生活在城市的人，都有一个城市线附近的乡镇印象，那里的树和农作物会在记忆中抽出绿芽，池塘在光中融化……对我而言，西漳乡同蚕茧有关，蚕茧与桑树林紧密相连。而这一白一绿在变成更为一体的光阴时，蚕茧羽化了，城市扩大了，沥青的墨线越过了田野与乡村……随后纷至沓来的事情，邂逅的复杂变化，使合并的镇乡，最终纳入了城市街道的行政区域，同时一些可以遗忘的更名，脱离了血脉和所有的联系。

城市不可抗拒的吸引力和乡村有簇的影子引起的内心冲突，也许是这部诗集的基调，而诗在达到智力上的清晰，意象或隐喻的精准，以及能够引起的精神共鸣上，让我通过这部诗集，对好诗问题有了更深的感悟和思辨。

过一种专注写作的生活，不断寻找自己另一种有着空间和画面感的声音，这正是我在进行中的状态或审美趋向，它使我在陌生的时间里纯熟起来。

稿于 2018 年 8 月 16 日

迁 变